_____ 님의 소중한 미래를 위해
이 책을 드립니다.

반 고흐,
인생을 쓰다

반 고흐,
인생을 쓰다

빈센트 반 고흐 지음 | 강현규 엮음 | 이선미 옮김

내 손의 온기를
느끼는 시간,
반 고흐를 필사하다

우리는 우리 자신으로 살아야 한다

원앤원스타일

원앤원스타일 우리는 책이 독자를 위한 것임을 잊지 않는다.
우리는 독자의 꿈을 사랑하고,
그 꿈이 실현될 수 있는 도구를 세상에 내놓는다.

반 고흐, 인생을 쓰다

초판 1쇄 발행 2016년 2월 12일 | **초판 3쇄 발행** 2018년 4월 5일 | **지은이** 빈센트 반 고흐 |
엮은이 강현규 | **옮긴이** 이선미
펴낸곳 ㈜원앤원콘텐츠그룹 | **펴낸이** 강현규 · 정영훈
책임편집 심보경 | **편집** 이가진 · 김윤성
디자인 최정아 · 홍경숙 | **마케팅** 한성호 · 안대현
등록번호 제301-2006-001호 | **등록일자** 2013년 5월 24일
주소 06132 서울시 강남구 논현로 507 성지하이츠빌 3차 1307호 | **전화** (02)2234-7117
팩스 (02)2234-1086 | **홈페이지** www.matebooks.co.kr | **이메일** khg0109@hanmail.net
값 13,000원 | **ISBN** 978-89-6060-860-3 03890

이 도서의 국립중앙도서관 출판예정도서목록(CIP)은 서지정보유통지원시스템 홈페이지(http://
seoji.nl.go.kr)와 국가자료공동목록시스템(http://www.nl.go.kr/kolisnet)에서 이용하실 수 있습니
다.(CIP제어번호: CIP2016001134)

모든 시도는 존중받을 가치가 있다.
비록 일이 처음 생각처럼
되지 않더라도 말이다.

• 빈센트 반 고흐 •

반 고흐의 편지를 필사하면서
용기를 얻는다!

오랜 세월 무명으로 보냈지만 삶에 대한 희망, 미술에 대한 열정을 놓지 않았던 반 고흐. 위대한 그의 그림들 못지않게 매력적인 것이 그가 남긴 엄청난 양의 편지들이다. 반 고흐가 그의 동생 테오에게 보낸 편지만 무려 688통이라고 한다. 친구나 여동생에게 보낸 편지도 더러 있지만 대부분은 동생 테오에게 보낸 편지다. 반 고흐의 수많은 편지들에서 주옥같은 내용들만 엄선해 이 책에 담았다.

반 고흐의 편지는 우리가 아는 차원의 그저 그런 편지가 아니다. 누군가와 안부를 주고받는 단순한 내용의 편지가 아니라, 한 인간으로서의 고뇌와 예술가로서의 갈등이 담긴 숭고한 메시지다. 그의 인생은 비록 불우했지만 그는 그 누구보다도 삶에 대한 뜨거운 열정을 가지고 있었고, 진정한 예술혼을 불태웠다. 그 모든 증거는 그의 편지에 100% 모두 들어 있으니 그의 그림을 사랑하는 사람이라면 이 책을 꼭 한 번 읽어보기 바란다.

필사라는 것은 누군가의 글을 내 손으로 한 글자 한 글자 옮겨 적음으로써 무언가를 느낄 기회를 갖는 행위다. 필사라는 경험을 통해 나만의 온전한 시간을 가지게 되고, 나 자신을 돌아볼 소중한 기회를 가질 수 있다. 그것이 바로 필사가 가진 진정한 힘이다. 필사를 하기에 반 고흐의 편지처럼 좋은 텍스트도 드물다는 확신을 가지고 이 책을 엮었다.

반 고흐의 편지를 천천히 필사하면서 그 내용들이 그가 당신에게 남긴 편지라고 생각해보자. 오늘 하루가 너무 힘들 때, 뭔가를 주저하고 망설이고 있을 때, 살아가는 게 버겁고 앞날이 막막해 미래가 보이지 않을 때 인간적인, 너무나 인간적인 반 고흐의 편지에 마음을 맡겨보자. 당신의 마음속 깊은 곳에서 감동이 밀려오고, 앞으로 더욱 열정적으로 살아갈 용기를 얻을 수 있을 것이다.

강현규

*수신인을 따로 표시하지 않은 이 책의 편지는 반 고흐가 동생 테오에게 보낸 것들이다.

contents

엮은이의 말_ 반 고흐의 편지를 필사하면서 용기를 얻는다! • 6

1장 할 수 있는 한 많이 감탄해라

할 수 있는 한 많이 감탄해라 • 14 | 더불어 살아간다는 것 • 16 | 더 나아질 수 있다는 희
망 • 18 | 털갈이하는 시기 • 20 | 희망과 열망이 담긴 우울 • 22 | 고독을 확보하는 좋
은 방법 • 24 | 내가 선택한 길을 계속 가야 한다 • 28 | 나는 여전히 같은 사람이다 • 30 |
사랑이 다시 태어나는 곳 • 32 | 나무 하나에 모든 주의를 집중하기 • 34 | 저는 사랑합
니다 • 38 | 사소하거나 엄청난 고통들 • 40 | 갈 길은 아직 멀었다 • 42 | 나는 나의 싸
움을 계속해나갈 테다 • 44 | 어렵기에 더욱 즐겁다 • 46 | 나를 믿는다 • 50 | 수많은 인
물들과의 조화 • 52 | 내가 느끼고 표현하고자 하는 삶 • 54 | 단순하게 흥미를 끄는 작
품 • 56 | 고통이나 아픔을 망각하다 • 58 | 내가 삼은 목표는 힘겹다 • 60 | 사람 혹은
풍경의 깊은 슬픔 • 62 | 별 볼일 없는 사람의 마음속 • 64 | 자신의 관점을 포기하지 않
는 것 • 66

2장 빗방울 하나도 놓치지 말아야겠다

소중한 것을 위한 조용한 싸움 • 72 | 진정한 예술가란 • 74 | 몸을 사리지 않는 열정이 필요하다 • 76 | 소박함 속에 있는 거대한 무언가 • 78 | 그림이 가지는 무한한 매력 • 80 | 빗방울 하나도 놓치지 말아야겠다 • 84 | 정직하게 자연을 탐구해야 한다 • 86 | 관습의 언어가 아닌 자연에서 온 언어 • 88 | 마음속에 담긴 웅장한 자연 • 90 | 나의 주된 치료법은 그림이다 • 92 | 인생의 두 가지 측면 • 94 | 모든 시도는 존중받을 가치가 있다 • 98 | 원칙에 따라 준비하는 삶 • 100 | 위대한 일은 우연히 일어나지 않는다 • 102 | 사랑은 우리를 더욱 명료하게 한다 • 104 | 사랑은 불 켜진 램프와 같다 • 106 | 아버지의 모습을 그리고 싶다 • 108 | 목표에 집중하면 혼란스럽지 않다 • 110 | 내 마음속에 있는 하나의 작품 • 112 | 순수한 분위기의 작은 밀밭 • 116 | 나쁜 의미의 평범한 사람 • 118 | 우리 앞에 놓인 빈 공간 • 120 | 부수고 깨면서 앞으로 나아가라 • 122 | 농부 그림을 통해 말하고 싶었던 것 • 124 | 그림에서 풍기는 건강한 냄새 • 128 | 자신이 마치 농부인 것처럼 • 130

3장   우리는 우리 자신으로 살아야 한다

모든 것은 변한다 • 134 | 아카데믹한 인물화에는 새로움이 없다 • 136 | 그림 속 인물들의 노동 • 138 | 밭을 가는 농부 • 140 | 농부다움을 표현하고 싶다 • 142 | 내가 정말 갈구하는 것 • 144 | 새롭게 그리는 방법 • 148 | 예술에 대한 사랑은 진짜 사랑을 잃게 만든다 • 150 | 남부끄럽지 않을 만큼 실력을 쌓고 싶다 • 152 | 싹을 틔우는 자연스러운 삶 • 154 | 나는 즐겁게 일하고 있다 • 156 | 사랑에 빠진 사람은 고결하다 • 158 | 우리는 우리 자신으로 살아야 한다 • 160 | 평정심을 갖는다면 • 164 | 너무 많은 공부는 창의력을 빈곤하게 한다 • 166 | 내면에 있는 것을 끄집어내야 한다 • 168 | 활짝 핀 자두나무는 아름답다 • 170 | 진짜 삶을 산다는 것 • 174 | 주어진 것에 만족해야겠다 • 176 | 친구와 함께 살 필요가 있다 • 178 | 가장 아름다운 그림 • 180 | 습작을 들고 들어 온 날 • 182 | 우리가 추구해야 할 필수 요소 • 184 | 쇠는 달궈졌을 때 두들겨야 한다 • 188 | 더 나은 존재 • 190 | 나비가 화가로 활동하고 있는 별 • 192

4장　살아 있으면 별에 갈 수 없다

예술가는 죽어서도 작품으로 말을 한다 · 196 ｜ 밤하늘의 별을 보면서 늘 꿈을 꾼다 · 198 ｜ 살아 있으면 별에 갈 수 없다 · 200 ｜ 작업은 극도의 긴장감을 필요로 한다 · 204 ｜ 작품을 성급히 본 탓 · 206 ｜ 내게 남은 건 그림뿐이다 · 208 ｜ 더 진지한 구상이 필요하다 · 210 ｜ 잘 알지 못한다는 느낌 · 212 ｜ 우리의 작품을 알아주지 않는 시대 · 214 ｜ 빚을 갚으려면 · 218 ｜ 기쁨은 마을에서 슬픔은 집에서 · 220 ｜ 나는 내 일을 포기하지 않을 것이다 · 222 ｜ 나를 짓누르는 생각들 · 224 ｜ 불평 없이 견디는 방법 · 226 ｜ 우리 삶을 이루는 모든 것을 만나고 싶다 · 230 ｜ 붓질의 흥미로운 감촉 · 232 ｜ 느리게 오래 그리는 그림 · 234 ｜ 자연이 이렇게 감동적이었던 적이 없었다 · 236 ｜ 과거와 현재를 이어주는 유일한 끈 · 240 ｜ 자연의 흥미로운 관계 · 242 ｜ 바람이 떠난 뒤에 남겨진 고통 · 244

1장

할 수
있는 한
많이
감탄해라ㅡ

할 수 있는 한 많이 감탄해라

할 수 있는 한 많이 감탄해라.

사람들은 대부분 마음껏 감탄하지 못한다.

산책은 가능한 자주 하고,

자연을 사랑하는 마음을 간직해라.

그것이 예술을 좀더 잘 이해할 수 있는

진정한 길이다.

화가는 자연을 이해하고 사랑하며

자연을 제대로 볼 수 있도록

우리에게 가르쳐주는 사람이다.

1874년 1월

더불어 살아간다는 것

다른 사람들과 더불어 살며

애정을 느끼고 하나가 될 때,

사람은 살아가는 이유를 알게 되고,

자신이 쓸모없고 가치 없는 사람이 아니라

어떤 부분에서는 좋은 사람이라는 걸 깨닫게 된다.

왜냐하면 우리는 서로를 필요로 하고

함께 여행을 하는 동반자이기 때문이다.

1879년 8월 11~14일

더 나아질 수 있다는 희망

지독하게 추운 겨울에는

여름이 오든지 말든지 신경 쓰고 싶지 않을 때가 있다.

부정이 긍정보다 더 크게 작용하는 것이다.

그러나 우리가 좋아하건 좋아하지 않건

결국 된서리는 오게 되어 있고,

어느 화창한 아침이 되면 바람이 방향을 바꾸어

우리는 해빙기를 맞이하게 될 것이다.

변화무쌍한 자연의 날씨 상태와

우리 마음의 상태를 비교해볼 때,

우리는 더 나아질 수 있다는 희망을 가지게 된다.

1879년 8월 11~14일

18

털갈이하는 시기

새들에게 털갈이하는 시간은 무엇일까?

그들이 깃털을 벗는 시간은 우리 인간으로 치면

역경이나 불행을 겪는 것처럼 힘든 시간이다.

누군가는 그 시기, 털갈이하는 시기에

머물러 있을 수도 있고,

누군가는 그 시기를 벗어나

새롭게 태어날 수도 있다.

1879년 8월 11~14일

희망과 열망이 담긴 우울

나는 향수병에 굴복하는 대신 나 자신에게 말했다.

그런 곳, 조국은 어디에나 있다고.

그래서 나는 절망에 빠지는 대신

적극적인 우울을 택하기로 했다.

내가 활기차게 있는 한,

나는 침체와 고민에 빠진 절망이 아니라

희망과 열망이 담긴 우울을 택한 것이다.

1879년 8월 11~14일

고독을 확보하는 좋은 방법

어떤 일에 몰두하고 있는 사람은,

때로 다른 사람에게는 충격적이고,

사회적 규범이나 관습에 어떤 형태로든

잘못을 저지르는 것처럼 보인다.

이를 나쁘게 생각하는 것은 유감스러운 일이다.

예를 들어 너도 알다시피

나는 외모에 신경을 쓰지 않는다.

그게 충격적이라는 건 나도 인정한다.

하지만 생각해봐라. 그건 내가 가난하기 때문이다.

어느 한 부분에 깊이 낙담하게 되면,

때로는 공부에 집중하는 데

필요한 고독을 확보할 수 있기도 하다.

1879년 8월 11~14일

어느 한 부분에 깊이 낙담하게 되면,
때로는 공부에 집중하는 데 필요한 고독을
확보할 수 있기도 하다.

내가 선택한 길을 계속 가야 한다

나는 지금 내가 선택한 길을 계속 가야만 한다.

내가 아무것도 하지 않는다면,

내가 공부하지 않는다면,

내가 더이상 아무것도 찾지 않는다면

나는 길을 잃을 것이다. 그러면 정말 슬플 것이다.

계속하고 계속한다면

무엇인가 얻을 것이라고 나는 생각한다.

거친 데생이 스케치가 되고 스케치가 그림이 되고

점차 진지한 작품이 되는 것처럼,

처음에는 모호했던 생각들을 깊이 생각하다 보면

목표는 점점 명확해지고

서서히 확실하게 그 목표를 이룰 수 있다.

1879년 8월 11~14일

나는 여전히 같은 사람이다

내가 이런저런 것을 거부하고 있다고 생각하지 말거라.

변한다 해도 나는 여전히 같은 사람이다.

나의 고뇌는 다름이 아니라

'내가 무엇에 쓸모가 있을까'

'어떻게 하면 이런저런 주제에 대해

더 깊이 철저하게 알 수 있을까' 하는 것이다.

이것이 끊임없이 나를 괴롭히고 있다.

1879년 8월 11~14일

사랑이 다시 태어나는 곳

우리를 가로막고 가두고

땅속에 파묻힌 것 같이 느끼게 하는 게 무엇인지

항상 설명할 수 있는 건 아니지만,

어떤 장애물이나 어떤 문, 어떤 벽이 있다는 걸 느낀다.

이 모든 것이 상상이고 환상일까?

난 그렇게 생각하지 않는다. 그래서 이렇게 묻는다.

"신이시여! 오래 걸릴까요? 영원할까요? 끝이 없을까요?"

이런 감금에서 벗어나게 하는 게 뭔지 알겠니?

그건 진정한 사랑이다.

그것은 최고의 힘으로 그리고 마술 같은 힘으로

감옥 문을 열어준다.

이것이 없다면 우리는 감옥에 갇혀 있을 수밖에 없다.

사랑이 다시 태어나는 곳에서 삶을 되찾을 수 있다.

1879년 8월 11∼14일

나무 하나에 모든 주의를 집중하기

가지 친 버드나무를

실제로 살아 있는 것처럼 그린다면

주변은 자연스럽게 따라온다.

나무 하나에 모든 주의를 집중해

어떤 생명이 생길 때까지 쉬지 않는다면 말이다.

1881년 10월 12~15일

34

내가 이런저런 것을
거부하고 있다고 생각하지 말거라.
변한다 해도 나는 여전히 같은 사람이다.

저는 사랑합니다

사랑할 때 계산을 해야 할까?

내가 그럴 수 있을까? 아니, 계산을 해서는 안 되지.

우리는 사랑하기 때문에 사랑하는 거니까.

사랑하는 것, 그건 굉장한 일이다!

그러니 마음을 흐리게 하거나

감정을 억제하거나 불꽃이나 빛을 꺼뜨리지 말고

머리를 맑게 한 뒤 간단히 말하자.

"하느님 감사합니다. 저는 사랑합니다."라고.

1881년 11월 10~11일

사소하거나 엄청난 고통들

사소하거나 엄청난 고통들은 수수께끼다.

해결할 방법을 찾는 일은

분명 노력할 만한 가치가 있다.

사람들이 내게 바다로 항해를 나가는 것은

위험하며 빠져 죽을 것이라고 말하면

정말 화가 난다.

나는 사람들이 그렇게 말하는 게

틀렸다고 생각하지만,

'위험의 한복판에서는 오히려 안전하다.'라는 사실을

잊고 있는 것이므로 화를 내지는 않는다.

1881년 11월 10~11일

갈 길은 아직 멀었다

작업에 지장이 있을 정도로

압도되거나 우울해지지 말자고 다짐했다.

특히 작업에 진전이 있는 지금은 말이다.

봄에 딸기를 먹는 것 역시

삶의 한 부분이지만

한 해로 치면 짧은 순간일 뿐이며

갈 길은 아직 멀었다.

1881년 12월 23일

나는 나의 싸움을 계속해나갈 테다

나는 어려운 시기를 건뎌야 한다.

수위가 높아질 거다.

내 숨통까지 점점 차오를지도 모르지.

내가 어떻게 미리 알 수 있겠니?

하지만 나는 나의 싸움을 계속해나갈 테고,

내 삶을 값지게 살 테고,

헤치고 나가 이기려고 노력할 것이다.

1881년 12월 29일

어렵기에 더욱 즐겁다

요즘 나는 투쟁하다가도 의기소침해지고,

잘 참다가도 조바심을 내고,

희망을 가졌다가도 황폐해지는 시기를 오가고 있다.

이렇게 해나가다 보면

수채화를 더 잘 이해할 수 있겠지.

그 일이 쉽다면 그 속에서 즐거움도 찾지 못했을 거다.

이것은 그림과 마찬가지지.

1882년 1월 9일

사소하거나 엄청난 고통들은 수수께끼다.
해결할 방법을 찾는 일은
분명 노력할 만한 가치가 있다.

나를 믿는다

언젠가는 내 그림들이 팔릴 것이다.

나를 믿어라.

나는 하루 종일 고군분투를 하면서

열심히 작업을 하고 있다. 그것도 기쁜 마음으로.

하지만 계속해서 이렇게 열심히,

더 열심히 작업을 할 수 없다면

크게 좌절하게 될지도 모른다.

1882년 1월 21일

51

수많은 인물들과의 조화

각각의 인물을 그릴 때면

항상 수많은 인물들과의 조화에 주의를 기울이게 된다.

이를테면 삼등 대합실이나 전당포,

실내를 그릴 때가 그렇다.

그러나 더 큰 구성은 서서히 무르익어야 한다.

가령 여자 재봉사 3명을 그리려면

적어도 90명의 여자 재봉사를 그려야 한다.

정말 대단한 작업이지.

1882년 3월 3일

내가 느끼고 표현하고자 하는 삶

내가 한편으로는 잃고 한편으로는 얻는다면,

나는 아주 간단하게 포기하고 생각할 수 있다.

예술가로서 나는

내가 느끼고 표현하고자 하는 삶을 사는 것이

합리적이고 옳은 일이라고.

1882년 3월 3일

단순하게 흥미를 끄는 작품

넌 분명 내가 화가가 된 것을

후회하는 순간이 올 거라고 말할 거다.

나로서는 어떻게 말해야 할까?

그걸 후회하는 사람들은 시작부터 진지하게 공부하는 걸

소홀히 한 채 허겁지겁 정상을 향해 달려간다.

그런 사람들은 단 하루만 사는 사람들이다.

하지만 다른 사람이 지루하다고 생각하는 분야,

말하자면 해부학이나 원근법과 비례에 대한 공부를

즐겁게 할 정도로 자신이 하는 일에

신념과 사랑을 가진 사람은

그 일을 계속할 것이고 느리지만 확실히 원숙해질 것이다.

돈 때문에 잠시 나 자신을 잊고

단순하게 흥미를 끄는 작품을 만들었을 때

그 결과는 끔찍했다. 나는 그런 일을 할 수 없다.

1882년 3월 16~20일

고통이나 아픔을 망각하다

오늘 나는 나 자신과 합의했다.

고통이나 아픔은 존재하지 않는 것으로 간주하기로.

꽤 많은 시간을 허비했으니

작업을 계속해야 한다.

좋든 싫든 아침부터 저녁까지

규칙적으로 다시 그림을 그릴 것이다.

나는 어떤 누구에게도

"아, 저건 너무 진부한 그림이야."라고

말하는 걸 듣고 싶지 않다.

1882년 7월 21일

내가 삼은 목표는 힘겹다

나 같은 사람은 정말로 아파서는 안 된다.

너는 내가 예술을 어떻게 생각하는지

꼭 이해해야 한다.

진실에 도달하기 위해서는

오랫동안 열심히 작업해야 한다.

내가 삼은 목표는

틀림없이 힘겨울 것이다.

그렇지만 나는 그 목표가

너무 높다고 생각하지는 않는다.

나는 사람들의 마음을 움직이는

그림을 그리고 싶다.

1882년 7월 21일

사람 혹은 풍경의 깊은 슬픔

인물화든 풍경화든 내가 표현하고 싶은 것은

감상적인 우울함이 아니라 깊은 슬픔이다.

간단히 말하면, 사람들이 내 작품을 보면서

이 사람은 깊이 그리고 미묘하게 느끼고 있다고

말하는 경지에 도달하고 싶다.

너도 잘 알고 있는 나의 거친 특성에도 불구하고 말이다.

아니, 어쩌면 그 특성 때문에 그렇게 될지도 모르지.

지금은 내가 허세를 부리는 것 같지만

그래서 더욱더 그런 경지에 이르고 싶다.

1882년 7월 21일

별 볼일 없는 사람의 마음속

사람들의 눈에는 내가 어떻게 보일까?

별 볼일 없는 사람, 이상한 사람, 무례한 사람,

사회적으로 어떤 지위도 갖지 못할 사람,

한마디로 최하 중의 최하.

그래, 좋다. 그 말이 다 맞는다고 해도

나는 내 작품을 통해서

그런 별 볼일 없고 이상한 사람의 마음속에

무엇이 있는지 보여주고 싶다. 이것이 나의 야망이다.

이 야망은 이 모든 것에도 불구하고

분노가 아니라 사랑에 기반을 두고 있으며,

열정이 아니라 평온한 감정에 기반을 두고 있다.

1882년 7월 21일

자신의 관점을 포기하지 않는 것

예술은 끈기 있는 작업,

결국 끊임없는 관찰을 요구한다.

끈기 있다는 것은 지속적인 노동을 의미하지만,

다른 사람의 말 때문에

자신의 관점을 포기하지 않는다는 의미도 된다.

1882년 7월 21일

내가 표현하고 싶은 것은
감상적인 우울함이 아니라 깊은 슬픔이다.

2장

빗방울
하나로
놓치지
말아야겠다

소중한 것을 위한 조용한 싸움

성공할지 못할지는 다른 무엇보다도

내가 작업을 어떻게 하느냐에 달려 있다.

이렇게 계속할 수 있다면

나는 조용히 싸움을 계속할 것이다.

작은 창을 통해 자연 속에 있는 사물을

평온하게 바라보고

그들을 충실하고 사랑스럽게 그려내는 것이지.

공격을 당하면 방어 자세를 취할 것이다.

그림을 그리는 일은 내게 너무나도 소중하기 때문에

다른 어떤 것에 방해받고 싶지 않다.

1882년 7월 23일

진정한 예술가란

팔기 위해 작품을 그린다는 건

내 견해로는 옳은 일은 아니다.

오히려 예술을 사랑하는 사람들을 속이는 일이지.

진정한 예술가는 그런 일은 하지 않아.

진정성을 가지고 있다면

머지않아 공감을 얻게 된다.

1882년 7월

몸을 사리지 않는 열정이 필요하다

때로는 건강이 나를 실망시켜도

그게 방해가 될 거라 생각하지 않는다.

내가 아는 한, 한 주나 두 주씩 작업을 못한다 해도

최악의 화가는 아니었다.

때로는 그 이유가 밀레의 말처럼

그들이 '열과 성을 다했기 때문'일 수도 있다.

그런 건 상관없다. 중요한 일을 할 때는

몸을 사려서는 안 된다고 생각한다.

잠시 지쳐 있을지라도 곧 회복될 것이며

농부가 옥수수나 건초를 수확하는 것처럼

열심히 하면 작품을 얻게 될 것이다.

1882년 8월 15일

소박함 속에 있는 거대한 무언가

나는 호기심 가득한 인물들이 있는

황야와 소나무 숲에 대해 변함없는 향수가 있다.

나무를 모으는 여인, 모래를 나르는 농부,

이런 소박함 속에는

바다만큼 커다란 무언가가 있다.

나는 늘 상황과 기회가 되면 그런 곳에 가서 살고 싶다.

하지만 이곳에도 소재들이 풍부하다.

숲과 해변, 그리고 근처의 라이스윅 목초지,

말 그대로 가는 곳마다 소재로 가득하다.

1882년 8월

그림이 가지는 무한한 매력

그림에는, 정확히 설명할 순 없지만

무한한 무언가가 있다.

특히 감정을 표현하는 데 있어서는 정말 매력적이다.

색채들 속에는

저절로 협력하는 조화와 대조가 숨겨져 있다.

그러니 이걸 사용하지 않은 채 방치하면

아무런 이득을 얻을 수 없다.

1882년 8월

소박함 속에는
바다만큼 커다란 무언가가 있다.

빗방울 하나도 놓치지 말아야겠다

내가 가장 주목하는 것은

자연에서 발견하는 것들이다.

온 세상이 비에 젖어 있을 때

바깥은 얼마나 아름다운지!

비가 오기 전과 비가 올 때,

비가 오고 난 후에도 말이지.

빗방울 하나도 놓치지 말아야겠다.

1882년 8월 20일

정직하게 자연을 탐구해야 한다

무엇보다 내가 돈 버는 일에

무관심하다고 의심하지 말거라.

나는 충분히 그 목적에 도달하는 지름길을 걷고 있다.

작품 속에 진실된 무언가를 담아낸다면

수익을 꾸준히 낼 수 있을 것이다.

그러니 팔릴 것만 생각하며 작업하는 것이 아니라

정직하게 자연을 탐구해야 한다.

1882년 8월 20일

87

관습의 언어가 아닌 자연에서 온 언어

자연이 나에게 말을 걸고,

무언가를 말하면 나는 이를 빠르게 적어 내려간다.

나의 속기에는 해독할 수 없는 단어와 실수,

그리고 틈이 있을 것이다.

하지만 거기에는 숲과 해변과 인물들이 말하는

무언가가 담겨 있다.

그것은 관습이나 체계에서 습득한

길들여진 관습적인 언어가 아니라

자연에서 온 언어다.

1882년 9월 3일

마음속에 담긴 웅장한 자연

어떻게 그림을 그렸는지 나도 모르겠다.

하얀 보드를 가져와 나를 사로잡는 풍경 앞에 앉는다.

그런 다음 내 눈앞에 있는 것을 바라보며

나 자신에게 말을 하지.

이 하얀 보드는 무언가가 되어야 해.

나는 만족하지 못한 채 돌아왔고

그림을 한쪽에 놔두었어.

잠시 쉬고 나서 일종의 공포를 느끼며

그림을 바라보았다. 아직도 만족하지 못했다.

내 마음속에는 웅장한 자연이 담겨 있기 때문에

여전히 만족할 수가 없었다.

나를 사로잡았던 것들의 반향이

내 작품 속에 남아 있다.

1882년 9월 3일

나의 주된 치료법은 그림이다

내 건강이 어떤지 묻는데, 너는 어떠니?

나의 치료법이 너한테도 맞을 거라 생각한다.

그것은 밖으로 나가 그림을 그리는 것이다.

나는 잘 지낸다.

피곤할 때면 여전히 불안하지만

더 나빠지기보다는 점점 좋아지고 있다.

가능한 간소하게 사는 것 또한 이롭겠지만

나의 주된 치료법은 그림이다.

1882년 9월 3일

인생의 두 가지 측면

너도 알다시피

바다 스케치에는 황금빛 부드러운 느낌이 있고,

숲 스케치에는 좀더 어둡고 진지한 분위기가 있다.

인생에 이 두 가지가 모두 존재한다는 사실이 기쁘다.

1882년 9월 3일

내 마음속에는
웅장한 자연이 담겨 있기 때문에
여전히 만족할 수가 없었다.

모든 시도는 존중받을 가치가 있다

모든 시도는 존중받을 가치가 있다.

절망에서 시작하지 않고도

성공할 수 있다고 믿는다.

사방에서 잃어버린다 할지라도,

쇠퇴하는 것 같이 느껴진다 해도,

중요한 건 활기를 되찾고

용기를 내는 것이다.

비록 일이 처음 생각처럼 되지 않더라도 말이다.

1882년 10월 22일

원칙에 따라 준비하는 삶

그림이 무엇일까? 어떻게 해낼 수 있지?

그건 우리가 느끼는 것과 할 수 있는 것 사이에 존재하는

보이지 않는 철벽을 뚫고 나오는 일이다.

망치질을 해도 꿈쩍도 하지 않는

그 벽을 어떻게 통과할 수 있을까?

내 생각에는 인내심을 갖고

서서히 벽을 갈아서 약하게 만들어야 한다.

원칙에 따라 자신의 삶을 준비하고 반성하지 않는다면,

유혹에 빠지거나 주의를 빼앗기지 않고

어떻게 이런 일에 전념할 수 있을까?

예술뿐만 아니라 다른 일도 마찬가지다.

1882년 10월 22일

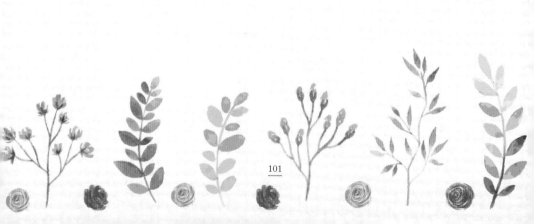

위대한 일은 우연히 일어나지 않는다

위대한 일은 우연히 일어나지 않는다.

그것은 의지가 있어야만 한다.

원래 인간의 행동이 원칙을 끌어낸 것인지,

원칙이 행동을 끌어낸 것인지는

'닭이 먼저냐 달걀이 먼저냐'의 문제와 같아서

대답할 수도 없고, 대답할 가치도 없다.

중요한 것은 사고력과 의지를 키우려고

노력해야 한다는 사실이다.

1882년 10월 22일

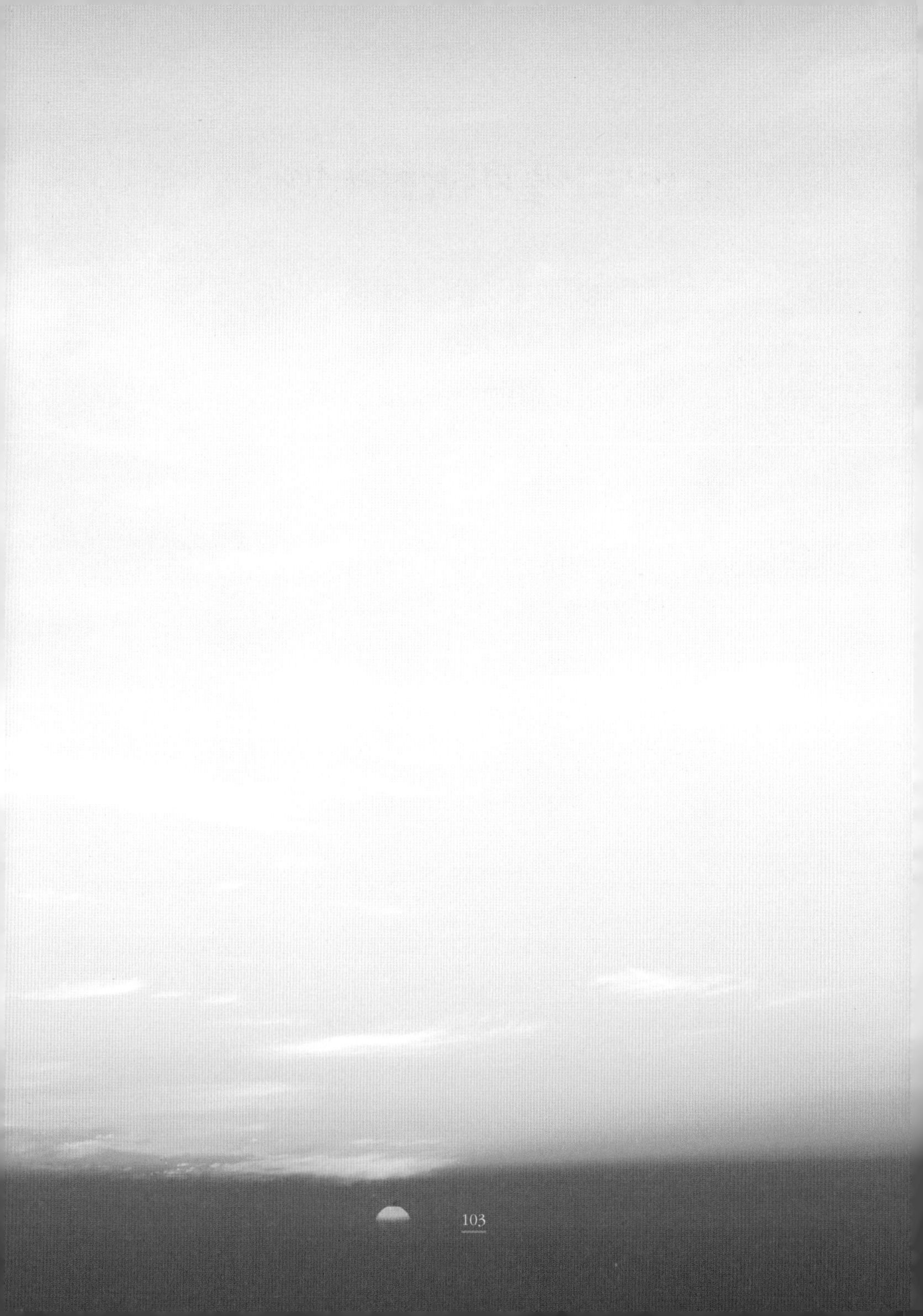

사랑은 우리를 더욱 명료하게 한다

태양이 더 밝게 비추고 모든 것이

새로운 매력을 가지고 있는 듯 느껴질 것이다.

이건 진지한 사랑의 영향이라고 생각한다.

그건 정말 기분 좋은 일이다.

그러니까 사랑을 할 때 명료하게 생각하지 못한다고

말하는 사람들은 틀린 거다.

사랑을 할 때 우리는 아주 명료하게 생각하고

전보다 더 많은 일을 하게 된다.

사랑은 영원한 것이다.

사랑의 양상은 변하지만 그 본질은 변하지 않는다.

1883년 3월 18일

사랑은 불 켜진 램프와 같다

사랑에 빠지기 전과 빠졌을 때의 차이는

불 꺼진 램프와 불 켜진 램프의 차이와 같다.

저기에 불 꺼진 램프가 놓여 있다.

그건 아주 좋은 램프다.

하지만 불이 켜짐으로써

그 램프는 고유의 기능을 더욱 잘 수행하게 된다.

마찬가지로 사람들은 사랑에 빠지면

많은 일에 대해서 더 침착해진다.

정확히 말하면 자기 일에 좀더 적합한 사람이 되어간다.

1883년 3월 18일

아버지의 모습을 그리고 싶다

내가 정말 하고 싶고, 내가 할 수 있다고 느끼는 것은,

황야의 오솔길에 서 있는 아버지의 모습이다.

하지만 참을성 있게 서 있어야 한다는 조건이 필요하다.

엄격하게 보이지만 개성 있는 모습,

갈색 황야와 그곳을 가로지르는 좁고 흰 모랫길,

열정과 차분함이 드러나는 하늘을 그릴 것이다.

그런 다음 가을 풍경이나

마른 이파리들이 나뒹구는

너도밤나무 울타리를 배경으로

아버지와 어머니가 팔짱을 끼고 있는

모습을 그리고 싶다.

1883년 7월 11일

목표에 집중하면 혼란스럽지 않다

세상에 대해서는

오직 어떤 의무와 임무만 생각한다.

내가 30년 동안 지구를 걸어왔으니

감사의 뜻으로 그림이라는 형태로

추억을 남기고 싶다.

어떤 경향에 맞추려고 하지 않고

인간의 감정을 진솔하게 표현하고 싶다.

이 일이 바로 나의 목표다.

이런 생각에 집중하면

무슨 일을 하거나 하지 않거나

모든 것이 단순해지고, 혼란스럽지 않다.

모든 행위가 같은 염원을 가지고 있다면 말이다.

1883년 8월 7일

내 마음속에 있는 하나의 작품

의지력을 가지고 수년 안에

사랑과 마음이 담긴 작품을

만들어야 한다고 생각한다.

좀더 오래 산다면 더 좋아지겠지만

그것까지는 생각하지 않겠다.

몇 년 안에 무언가를 이루어내야만 한다는 생각이

내 작업 계획의 지침이다.

그러니 너도 내가 갖은 애를 쓰며

얼마나 원하고 있는지를 이해할 수 있겠지.

나의 작품들을 따로따로 보지 않고

내 마음속에 있는 하나의 작품으로 생각하는 것을,

아마 너는 내 입장에서 이해할 수 있을 것이다.

1883년 8월 7일

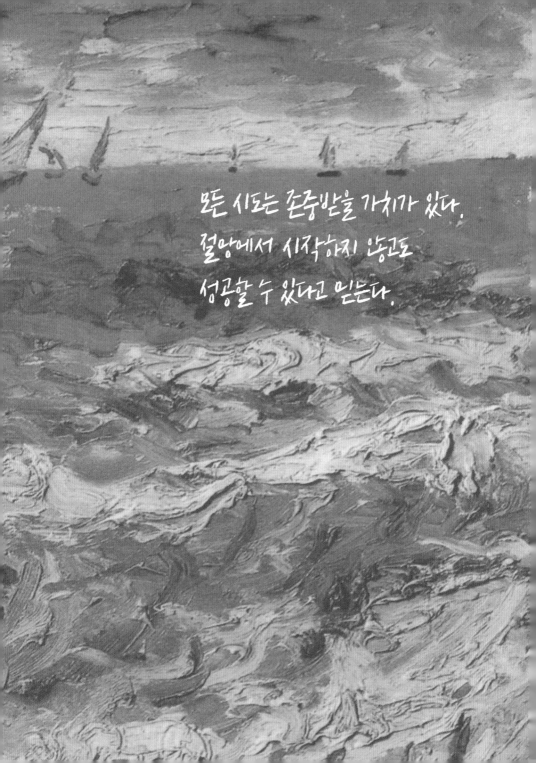

모든 시도는 존중받을 가치가 있다.
절망에서 시작하지 않고도
성공할 수 있다고 믿는다.

순수한 분위기의 작은 밀밭

금색이 나는 초록 이끼,

붉거나 푸르스름하거나 노란빛이 나는 라일락 회색의 대지,

작은 밀밭의 초록빛에는

무어라고 표현할 수 없는 순수한 분위기가 있다.

소용돌이치는 황금빛 소나기에 굳건히 견디고 서 있는

축축한 나무에서는 검은 색이 나고,

헐거워진 다발에 매달려 휘휘거리는 가을 잎,

포플러 나무, 자작나무, 라임, 사과나무 사이로 하늘이 빛난다.

1883년 11월 2일

나쁜 의미의 평범한 사람

아직도 너는 나쁜 의미에서

평범한 사람이 되면 어쩌나 하는 두려움이 있지.

그런데 너는 왜 네 영혼 속에 있는 최고의 것들을

죽여 없애버리려고 하니?

그렇게 하면 그 두려워하는 일이 일어날 수도 있어.

사람들이 어떻게 평범하게 되는 걸까?

세상이 원하는 대로 오늘은 이것을 따르고

내일은 저것에 순응하면서,

세상에 맞서 아무 말도 하지 않고

오직 다수의 의견을 따르기 때문이다.

1883년 12월 16일

우리 앞에 놓인 빈 공간

많은 화가들이 빈 캔버스를 두려워한다.

하지만 빈 캔버스는 '넌 할 수 없어.'라는

주문을 깨부수는 진실되고 열정적인 화가를 두려워한다.

삶 또한 한없이 무의미하고 허탈하게 하고

의기소침하게 만드는

빈 공간을 우리 앞에 놓는다.

그 빈 공간에는 빈 캔버스처럼 아무것도 없다.

1884년 10월 2일

부수고 깨면서 앞으로 나아가라

아무리 의미 없고 헛된 죽은 삶일지라도,

신념이 있고 열정이 있고

무언가를 아는 따뜻한 사람이라면

쉽게 넘어가지는 않을 것이다.

그는 앞으로 나아가며 무슨 일이든 하고,

그 일을 꽉 붙잡는다.

말하자면 그는 부수고 깨면서

앞으로 나아가는 것이다.

1884년 10월 2일

농부 그림을 통해 말하고 싶었던 것

나는 사람들에게, 작은 램프 불빛 아래서

감자를 먹고 있는 농부들이

접시를 향해 내밀고 있는 바로 그 손으로

땅을 경작했다는 사실을 진심으로 알려주고 싶었다.

그건 육체노동자를 의미하며,

따라서 그들은 그들의 양식을 정직하게 벌었다는 것이다.

나는 그들이 우리들, 즉 문명화된 사람들의 생활방식과

전적으로 다르다는 것을 보여주고 싶었다.

그래서 나는 사람들이 이유도 모른 채

이 그림에 감탄하고 찬양하는 것을 절대 원하지 않는다.

1885년 4월 30일

나는 사람들이 이유도 모른 채
이 그림에 감탄하고 찬양하는 것을
절대 원하지 않는다.

그림에서 풍기는 건강한 냄새

농부를 그리면서 판에 박힌 듯

세련되게 그리는 것은 잘못된 것이다.

농부 그림에서 베이컨이나 연기,

찐 감자 냄새가 난다고 건강하지 못한 게 아니다.

마구간에서 거름 냄새가 난다면 아주 훌륭한 것이다.

바로 그게 마구간이니까.

들판에서 잘 익은 밀이나 감자 냄새, 비료 냄새,

거름 냄새가 난다면 그 또한 참으로 건강한 일이다.

특히 도시에 사는 사람들에게는 그렇지.

그들은 이런 그림에서 유용한 것을 얻는다.

하지만 농부 그림에서는 절대 향수 냄새가 나서는 안 된다.

1885년 4월 30일

자신이 마치 농부인 것처럼

농부를 그릴 때는

자신이 마치 농부인 것처럼 그려야 한다.

그들이 하는 것처럼 느끼고 생각해야 한다.

다른 사람이 되어서는 안 된다.

1885년 4월 30일

3장

우리는
우리 자신으로
살아야
한다—

모든 것은 변한다

테오야, 나는 미래를 알지 못하지만

모든 것은 변한다는 법칙은 알고 있지.

10년 전을 생각해봐라. 모든 것이 달라졌지.

환경도 사람들의 분위기도 말이다.

그러니 10년 후도 많이 변할 것이다.

하지만 잘 견뎌낸다면 쉽게 후회하지 않을 것이다.

적극적인 것이 더 낫다.

멍청하게 앉아 있느니 차라리 실패하는 쪽이 낫다.

1885년 7월 14일

아카데믹한 인물화에는 새로움이 없다

아카데믹한 인물화는

모두 똑같은 방식으로 구성되어 있다.

이보다 더 잘할 수가 없다는 건 인정하자.

내가 무슨 말을 하려는지 잘 알 것이다.

그런 그림에는 실수가 하나도 없고 흠 잡을 데가 없지만

우리가 새로운 것을 발견하게 해주지는 못한다.

1885년 7월 14일

그림 속 인물들의 노동

내가 시작한 일을 얼마나 더 잘하고 싶은지,

내 작품보다 다른 화가의 작품을

얼마나 더 높이 평가하고 있는지 말하고 싶다.

그런데 옛날 네덜란드 화파에서

땅을 파는 농부나 바느질하는 사람을

한 명이라도 본 적이 있는가?

그들이 '일하는 사람'을 그리려고 시도한 적이 있었던가?

벨라스케스가 〈물장수〉라는 작품에 그런 걸 담으려고 했던가?

아니면 서민 모델을 찾은 적이 있었던가? 아니다.

옛날 그림 속 인물들이 하지 않은 건 바로 '노동'이다.

1885년 7월 14일

밭을 가는 농부

세레에게 전해주렴.

내 그림 속 인물들이 좋아 보인다면

나는 절망할 것이라고.

나는 그 인물들이

아카데믹하게 정확하기를 바라지 않는다고.

밭을 가는 농부를 사진으로 찍는다면

그는 분명 밭을 갈고 있지 않는 거라고.

1885년 7월 14일

141

농부다움을 표현하고 싶다

밭을 가는 농부에게

개성이 있어야 한다고 말하기보다는

농부는 농부다워야 하고,

밭을 가는 사람은 밭을 갈아야 한다고 표현하고 싶다.

그러면 근본적으로 현대적인 것이 그 속에 담기게 된다.

1885년 7월 14일

내가 정말 갈구하는 것

넌 이해하기 힘들겠지만,

사실 돈을 받을 때 내가 정말 갈구하는 것은,

비록 굶주리고 있어도 먹을거리가 아니라

간절하게 그림을 그리고 싶다는 것이다.

지금 당장 모델을 찾으러 나가

돈이 떨어질 때까지 계속 그림을 그리고 싶다.

1885년 12월 28일

내가 정말 갈구하는 것은
비록 굶주리고 있어도
먹을 거리가 아니라 그림을 그리는 것이다.

새롭게 그리는 방법

어떤 대가를 치루더라도

새롭게 그리는 방법을 알고 싶다.

마네가 그렇게 했고 쿠르베도 잘 해냈다. 망할!

나도 똑같은 야망이 있다.

졸라와 도데, 콩쿠르 형제, 발자크 같은 위대한 문학가가

연구해놓은 여인의 무한한 아름다움을,

나 역시 마음속 깊은 곳에서 느끼고 있기 때문이다.

1885년 12월 28일

예술에 대한 사랑은 진짜 사랑을 잃게 만든다

나는 결혼이나 아이에 대한 욕구를

잃어버린 것 같다.

가끔은 정반대여야 할 서른다섯 살에

그렇게 되어버린 것에 비애를 느끼기도 한다.

그리고 때때로 이 빌어먹을 그림을 탓하기도 한다.

어디에선가 리슈팽이 이런 말을 했지.

"예술에 대한 사랑은 진짜 사랑을 잃게 만든다."라고.

그건 정말 맞는 말이라고 생각한다.

하지만 한편으로는 진짜 사랑 또한 예술을 밀쳐낸다.

1887년 7월 23~25일

150

남부끄럽지 않을 만큼 실력을 쌓고 싶다

이따금씩 내가 벌써 늙고 쇠약하다는 느낌이 든다.

그림에 대한 열정이 없었더라면

충분히 사랑에 빠졌을 텐데.

성공하려면 야망을 가져야 하는데

야망이란 게 내게는 부질없어 보인다.

어떻게 될지도 잘 모르겠다.

무엇보다 네게 부담을 주고 싶지 않다.

앞으로는 그렇게 될지도 모르지.

네가 남부끄럽지 않고 자신 있게

내가 하는 일을 볼 수 있도록 실력이 늘었으면 좋겠다.

1887년 7월 23~25일

싹을 틔우는 자연스러운 삶

자연에서 수많은 꽃들이

짓밟히거나 얼거나 말라버리는 걸 보았을 것이다.

게다가 잘 익은 밀알이라도

모두 땅에서 다시 싹을 틔우고

줄기가 되는 것은 아니라는 사실을 이미 알고 있겠지.

분명 대부분의 알갱이는

싹을 틔우지 못하고 방앗간으로 가고 만다.

사람을 밀알에 비유하자면,

하나의 밀알에 싹을 틔울 힘이 있는 것처럼

건강하고 자연스러운 사람에게는 그런 힘이 있다.

그러니 자연스러운 삶이란 싹을 틔우는 것이다.

밀알에 싹을 틔우는 힘이 있는 것처럼

우리에게는 사랑이 있다.

1887년 10월 여동생에게

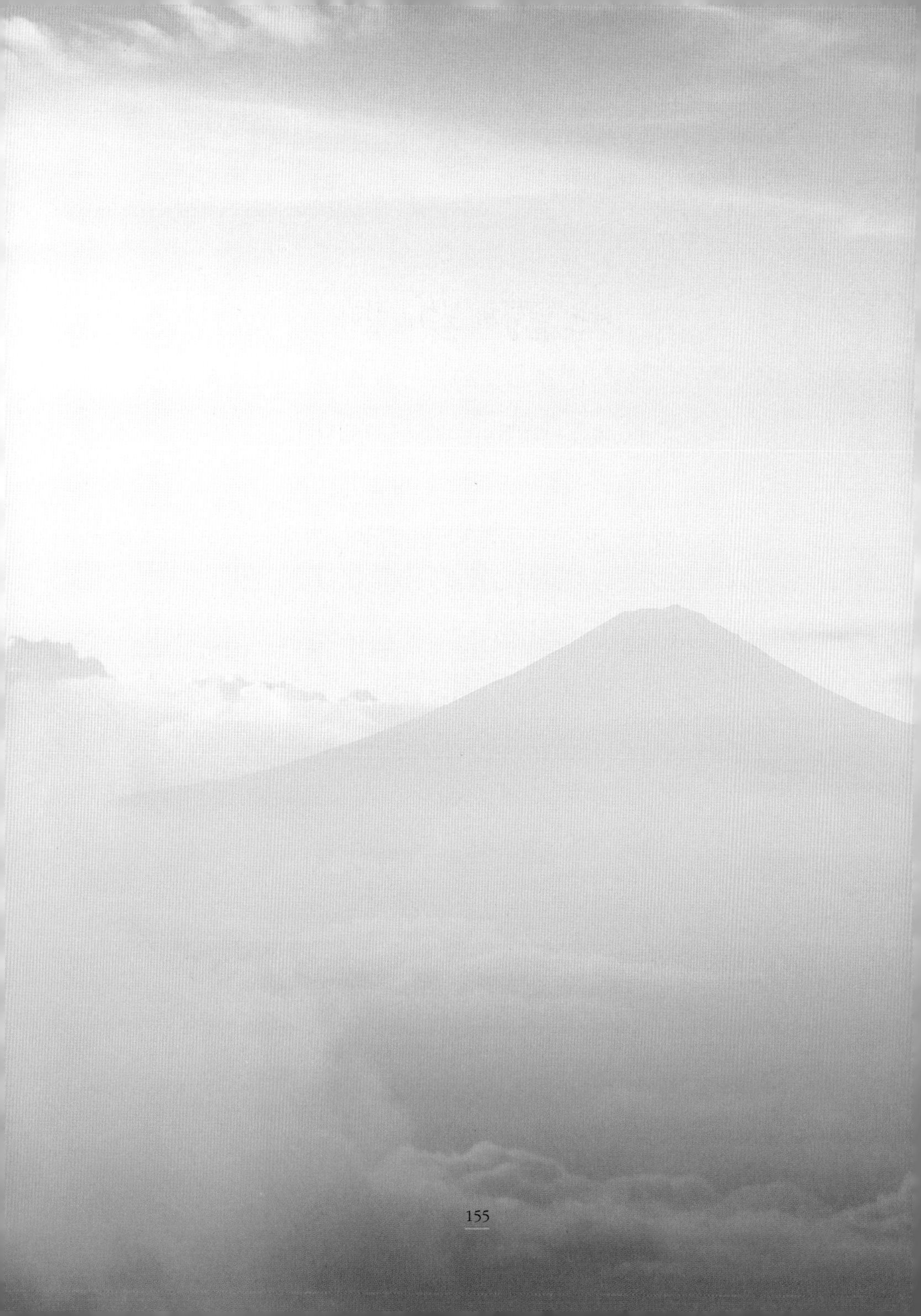

나는 즐겁게 일하고 있다

내 운명은 나를 빨리 늙게 만들어버렸다.

주름진 얼굴, 까칠한 턱수염,

의치를 몇 개 가진 작은 노인이 되어버렸다.

하지만 그게 무슨 상관이야?

내 직업은 더럽고 힘든, 그림을 그리는 일이다.

나 스스로가 원하지 않았다면

그림을 그리지 않았을 거다.

나는 즐겁게 일하고 있고, 내 젊음은 잃어버렸지만

그림 속에 젊음과 새로움을 담아내면서

희미한 가능성을 느끼고 있다.

1887년 10월 여동생에게

사랑에 빠진 사람은 고결하다

사랑에 빠졌어야 했을 때

나는 종교나 사회주의에 몰두했었는데,

그때는 지금보다 더 예술이 성스럽다고 생각했다.

종교나 법이나 예술이

왜 그렇게 성스러운 것일까?

사랑을 희생하면서 이념에 온 마음을 쏟는 사람보다

사랑에 빠지는 것 외에는 아무것도 하지 않는 사람이

더 진지하고 더 고결한데 말이다.

1887년 10월 여동생에게

우리는 우리 자신으로 살아야 한다

우리는 우리 자신으로 살아야 한다.

할 수 있는 한 주의를 딴 데로 돌려 자신을 즐겨라.

요즘 사람들이 예술에서 원하는 것은

넘치는 활력과 강한 색채감,

강렬함이라는 사실을 의식해라.

그러니 건강에 신경 쓰고

힘을 기르며 살아가는 것이 최고의 공부인 것이다.

1887년 10월 여동생에게

하나의 밀알에 싹을 틔울 힘이 있는 것처럼
건강하고 자연스러운 사람에게는 그런 힘이 있다.
그러나 자연스러운 삶이란 싹을 틔우는 것이다.

평정심을 갖는다면

모든 것을 이해한다는 것은

모든 것을 용서한다는 뜻이다.

모든 것을 안다면 우리는 분명 평정심을 찾을 것이다.

우리가 조금 알거나 아무것도 알지 못할지라도,

가능한 한 평정심을 갖는다면

약국에서 파는 약보다 더 효험이 있을 수 있다.

1887년 10월 여동생에게

너무 많은 공부는 창의력을 빈곤하게 한다

많은 일들이 저절로 이루어지며

우리는 스스로 성장하고 발전한다.

그러니 너무 열심히 공부하지 마라.

공부는 창의력을 빈곤하게 만든다. 자신을 즐겨라.

너무 많이 즐기는 편이 너무 적게 즐기는 편보다 낫다.

1887년 10월 여동생에게

167

내면에 있는 것을 끄집어내야 한다

예술가가 되려는 생각은 나쁘지 않다.

마음속에 불을 가지고 있는 영혼들은

그걸 계속 억누르고 있을 수가 없다.

질식하느니 차라리 태우는 것이 낫다.

내면에 있는 것을 밖으로 끄집어내야 한다.

나는 그림을 그리고 있을 때 숨을 쉴 수 있다.

그림이 없었다면 지금보다 더 불행했을 거다.

1887년 10월 여동생에게

활짝 핀 자두나무는 아름답다

오늘 아침 활짝 핀 자두나무가 있는

과수원을 그리고 있었는데

갑자기 굉장한 바람이 불기 시작하더니

처음 보는 광경이 나타났다.

바람은 간격을 두고 다시 불어왔다.

그럴 때면 작고 하얀 꽃이 빛을 받아 반짝거렸다.

정말 아름다웠다. 나는 그걸 그림에 담아냈다.

이 하얀 느낌 속에는

파란색과 라일락 색을 띤 노란색이 가득 들어 있고,

하늘은 하얗고 파랗다.

1888년 4월 11일

바람은 간격을 두고 다시 불어왔다.
그럴 때면 자고 하얀 꽃이 빛을 받아 반짝거렸다.
정말 아름다웠다.

진짜 삶을 산다는 것

진짜 삶을 살고 있지 않다는

우울한 감정이 영원히 남아 있을지라도,

물감이나 석고보다는

사람의 살 그 자체로 작업하는 게 낫다는 점에서,

그리고 그림을 그리거나 일을 하는 것보다

아이를 낳는 일이 더 낫다는 의미에서,

사람이 모든 것의 뿌리라는 생각이

점점 더 깊어진다.

1888년 4월 11일

주어진 것에 만족해야겠다

내 기질상 방탕한 생활과 작품 활동은

더이상 병행하지 못하겠다.

주어진 환경 속에서

그림을 그릴 수 있는 것에 만족해야겠다.

그것은 행복도 진정한 삶도 아니지.

하지만 우리가 알기에 진정한 삶이 아닌

이 예술적 삶조차도 내게는 진짜 살아 있는 것 같다.

그러니 그것에 만족하지 않는다면

배은망덕한 일이지.

1888년 5월 1일

친구와 함께 살 필요가 있다

우리 같은 사람은 아프지 않도록 해야 한다.

아프면 방금 죽은 불쌍한 수위보다 더 고독할 것이다.

그런 사람들은 주변에 사람들이 있고

가정을 돌보며 바보 같이 살아간다.

하지만 우리는 우리 생각만 가지고 홀로 살면서

때로는 바보 같이 살고 싶어 한다.

우리의 육체만 보더라도

우리는 친구와 함께 살 필요가 있다.

1888년 5월 29일

가장 아름다운 그림

내 마음속에 늘 있는

별이 빛나는 하늘을 언제쯤이면 그릴 수 있을까?

위스망스의 〈결혼 생활〉에 나오는

멋진 친구 시프리앙이 말한 것처럼,

가장 아름다운 그림은 침대에 누워

파이프 담배를 피면서 꿈꾸지만

그리지 못하는 그림이다.

말로는 표현할 수 없는

눈부시게 장엄한 자연의 완벽함을 마주하며

무능함을 느낄지라도

계속 시도해야 한다.

1888년 6월 19일

습작을 들고 들어 온 날

날마다 이렇게만 하면 잘 될 거야.

습작을 들고 들어 온 날이면

이렇게 혼자 중얼거린다.

하지만 빈손으로 돌아와서

평소처럼 먹고 돈을 쓰는 날이면

나 자신이 마음에 들지 않고

미친놈이나 악당이나 늙은 바보 같이 느껴진다.

1888년 6월 15~16일

우리가 추구해야 할 필수 요소

정확하게 그리고, 맞는 색채를 쓰는 것이

우리가 추구해야 할 필수 요소는 아니다.

색채와 모든 것을 딱 맞게 표현할 수 있다고 해도

거울에 비춰진 것처럼 현실을 반영해 그린다면,

그건 그림이 아니라 사진일 뿐이기 때문이다.

1888년 6월 5일

가장 아름다운 그림은
침대에 누워 파이프 담배를 피면서 꿈꾸지만
그리지 못하는 그림이다.

쇠는 달궈졌을 때 두들겨야 한다

우리를 이끄는 것은

자연에 대한 우리의 진실한 감정이 아니겠는가.

만약 작업을 할 때 이런 감정이 강하게 생기면,

그림을 그리고 있다는 느낌도 들지 않는다.

그때 붓질은 마치 연설이나 편지 속 단어들처럼

연속되면서 서로가 관계를 맺는다.

이런 날이 늘 있는 것도 아니고

앞으로 영감이 떠오르지 않는

음울한 날도 꽤 될 거라는 걸 명심해야 한다.

쇠는 달궈졌을 때 두들겨야 한다.

1888년 6월 25일

더 나은 존재

현실에서 예술가로서의 우리들의 생활은

정말 초라하기 짝이 없다.

게다가 우리는

예술에 대한 사랑이 진짜 사랑을 잃게 만드는

이 적대적인 별에서

거의 실행 불가능한 어려운 작업을 하면서

사람을 멍청하게 만드는 굴레에서 썩고 있다.

다른 무수한 별과 태양에도

선과 모양과 색채가 존재한다는 가정을

누구도 반박하지 못하기 때문에,

우리에게는 더 나은 존재가 되어

그림을 그릴 수 있다고 생각할 자유가 있다.

1888년 6월 26일 베르나르에게

나비가 화가로 활동하고 있는 별

무수히 많은 별 중에

나비가 화가로 활동하고 있는 별이 있을지도 모른다.

지도에 검은 점으로 표시되어 있는

마을이나 도시를 가볼 수 있는 것처럼,

어쩌면 죽은 후에 그곳에 갈 수 있을지도 모른다.

1888년 6월 26일 베르나르에게

4장

살아
있으면
별에
갈 수 있다

예술가는 죽어서도 작품으로 말을 한다

시인이나 음악가, 화가와 같은 모든 예술가들이

물질적으로 불우하다는 건 분명 이상한 현상이다.

최근 네가 모파상에 대해 했던 이야기도

다시 한 번 그 사실을 증명해준다.

그건 끊임없이 생각하게 되는 문제다.

삶 전체를 볼 수 있을까, 아니면 죽을 때까지

한쪽 면밖에 알 수 없는 걸까?

죽어서 땅에 묻힌 화가들은

다음 세대에게 자신의 작품으로 말을 한다.

1888년 7월 9일 혹은 10일

밤하늘의 별을 보면서 늘 꿈을 꾼다

마을이나 도시를 검은 점으로 표시해놓은

지도를 보면서 꿈꾸었던 것처럼,

나는 별을 보면서 늘 꿈을 꾸었다.

왜 저 창공에 있는 별들의 점은

프랑스 지도에 있는 검은 점보다 가기 힘든 걸까?

1888년 7월 9일 혹은 10일

살아 있으면 별에 갈 수 없다

타라스콩이나 루앙에 가려면 기차를 타듯이,

별에 가려면 죽음이라는 기차를 타야 한다.

죽으면 기차를 탈 수 없는 것처럼

살아 있으면 별에 갈 수 없다.

증기선이나 열차와 철도가 지상의 이동 수단이라면,

어쩌면 콜레라나 결석, 결핵, 암 같은 것이

천국으로 가는 이동 수단일지도 모른다.

늙어서 평화롭게 죽는다는 것은

걸어서 그곳에 가는 것이겠지.

1888년 7월 9일 혹은 10일

마을이나 도시를 검은 점으로
표시해놓은 지도를 보면서 꿈을 꾸었던 것처럼,
나는 별을 보면서 늘 꿈을 꾸었다.

작업은 극도의 긴장감을 필요로 한다

작업하고 딱딱한 계산을 하는 일은

어려운 역할을 맡은 배우가

무대 위에 서 있는 것처럼 극도의 긴장감을 준다.

30분 안에 수천 가지를 생각해야만 한다.

다른 사람들처럼 나 또한 위안과

기분 전환을 할 수 있는 유일한 일은

독한 술을 마시거나 담배를 피면서 멍하니 있는 것이다.

1888년 7월 1일

작품을 성급히 본 탓

내가 몹시 흥분한 상태를

억지로 유지하고 있다고 생각하지 마라.

완성된 그림들이 잇따라 나오는 것은

내가 오래전부터 복잡한 계산을 해왔기 때문이다.

작품들이 너무 급하게 완성된 게 아니냐고

사람들이 묻거든 그들이 작품을

너무 성급히 본 탓이라고 대답해주어라.

1888년 7월 1일

내게 남은 건 그림뿐이다

그림을 그리는 데 나를 완전히 던져버리고 있다가

습작을 완성하면 다시 깨어난다.

폭풍우가 너무 거세게 몰아칠 때면

나를 놓기 위해 술을 마시곤 한다.

그것은 미치는 것이다.

예전에는 내가 화가라는 생각을 많이 하지 않았다.

하지만 이제 나에게 그림이란,

사람들이 기분 전환으로 토끼 사냥에 미쳐 있는 것처럼

기분 전환을 하게 해준다.

집중력이 좀더 강화되었고 손은 더 침착해졌다.

그렇기 때문에 더 나은 그림이 나올 거라고

자신 있게 말할 수 있다.

내게 남은 건 그게 다니까.

1888년 7월 22일

더 진지한 구상이 필요하다

"우리는 늙어 가고 있다.

그것은 사실이며 그 밖의 것들은 상상이고

존재하지 않는다."라고 끝을 맺은 내 편지를 기억하니.

그건 네가 아니라 나에게 하는 말이었다.

그에 부응하는 행동이

나에게 절대적으로 필요하다고 느껴서

그런 말을 한 것이다.

그건 작업을 더 많이 해야 한다는 게 아니라

더 진지한 구상을 해야 한다는 뜻이다.

1888년 7월 29일

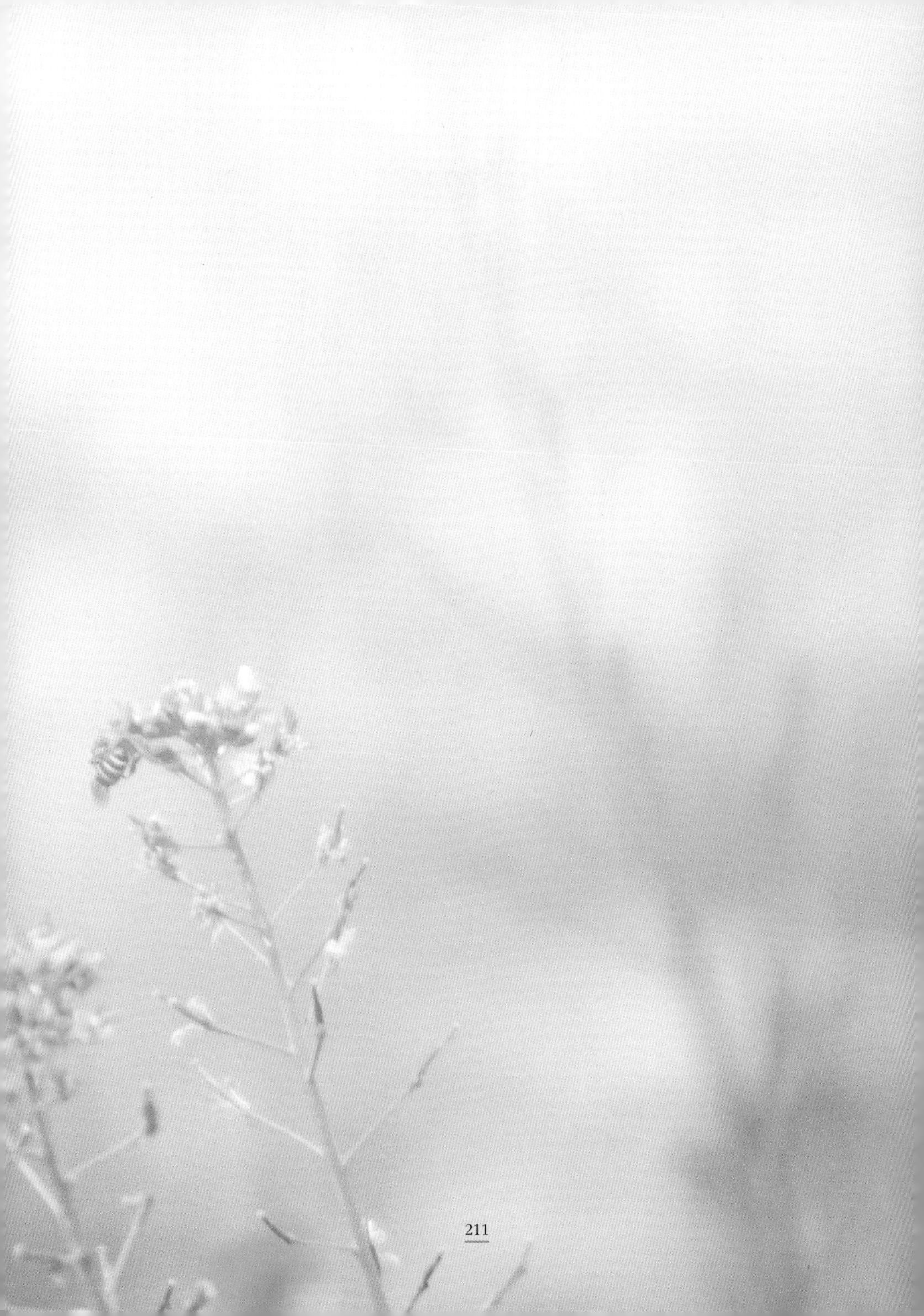

잘 알지 못한다는 느낌

요람 속에 있는 아기를 지긋이 바라보면,

아이의 눈 속에 담긴 무한함이 느껴진다.

사실 나는 그것에 대해 아무것도 아는 게 없지만,

바로 이 알지 못하는 느낌이

우리가 살고 있는 현재의 진정한 삶을 만들어낸다.

이것은 단순한 기차 여행에 비교해볼 수 있다.

빠르게 달리는 기차를 타면

사물을 가까이에서 볼 수 없고

무엇보다 기차를 볼 수가 없다.

1888년 8월 6일

213

우리의 작품을 알아주지 않는 시대

우리는 우리의 작품을 알아주지 않는 시대에 살고 있다.

그림을 팔지 못할 뿐 아니라

고갱을 봐도 알 수 있듯이 완성된 그림을 담보로

돈을 빌리고 싶어도 그럴 수가 없다.

상당한 가치를 가진 작품으로

얼마 안 되는 돈도 빌릴 수가 없다니.

그렇게 우리는 돈의 포로가 되어버린다.

살아가는 동안 이런 일이 조금도 변하지 않을까 두렵다.

우리의 전철을 밟을 화가들이

좀더 풍족하게 살아가도록 우리가 기반을 마련하기만 해도

이미 무언가를 이룬 것일지도 모른다.

하지만 인생은 짧고, 특히 모든 것에 맞설 만큼

충분히 힘이 있다고 느끼는 시간은 몇 년 되지 않는다.

1888년 8월 23일 혹은 24일

작품들이 너무 급하게 완성된 게 아니냐고
사람들이 묻거든 그들이 작품을
너무 성급히 본 탓이라고 대답해주어라.

빚을 갚으려면

사랑하는 나의 동생아,

내가 진 빚이 너무 많아서 갚으려면

그림 그리는 일에 내 생을 다 바쳐야 할 것이다.

그러면 나는 살아 있다는 생각이 들지 않을지도 모른다.

다만 걱정되는 것은

그림 그리는 일이 점점 어려워질 거고

늘 이렇게 많이 그리지는 못할 거라는 거다.

1888년 10월 25일

기쁨은 마을에서 슬픔은 집에서

포위 공격을 견뎌낼 수 있다면

언젠가는 승리할 날이 올 것이다.

비록 우리가 평판이 자자한 사람들 축에

끼지는 못할지라도 말이다.

"기쁨은 마을에서, 슬픔은 집에서"라는 속담이 생각나는구나.

무엇을 기대할 수 있을까?

우리에게 아직 싸워야 할 전투가 남아 있다면

침착하게 성숙해지려고 노력해야겠지.

1888년 12월 1일

나는 내 일을 포기하지 않을 것이다

어떤 일이 생길지라도

내 자리를 지키고 있다면 기력을 되찾겠지.

변화나 이사를 두려워하는 것은

정확히 새로운 지출이 생길까 봐서다.

꽤 오랫동안 숨 돌릴 틈 없이 살아왔다.

나는 내 일을 포기하지 않을 것이다.

곧 잘 될 때가 올 거니까.

인내심을 가지고 견디다 보면

내가 그린 그림으로 지출한 비용을

만회할 수 있는 날이 올 거라 믿는다.

1889년 1월 17일

나를 짓누르는 생각들

나의 인생은 궁지에 몰려 있다.

정신상태마저도 흐트러져 있다.

내게 무슨 일이 일어나도

나는 삶을 균형 있게 하는 방법을 생각할 수가 없다.

병원 같은 곳에서 규칙에 따라야 한다면

더 평온할지도 모르겠다. 군대도 그럴지도 모른다.

그동안 나는 내가 할 수 있는 일을 하고 있겠다.

그림을 그리거나 무슨 일이든 열심히 하고 있을 생각이다.

그림을 그리면서 지출한 비용 때문에

빚을 졌다는 생각과 비굴하다는 생각이

나를 짓누르고 있다.

이런 생각을 멈출 수 있다면 좋을 텐데.

1889년 5월 2일

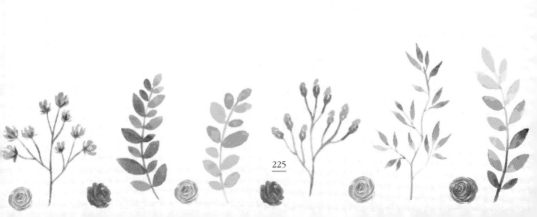

불평 없이 견디는 방법

불평 없이 견디는 방법과

편견 없이 고통을 고려하는 방법을 배우려면

현기증을 감수해야 한다.

그래도 그건 가능한 일이다.

희미한 가능성을 볼 수도 있다.

삶의 다른 측면에서 고통이 존재해야 하는 이유를

깨닫게 될지도 모른다.

고통 속에서는 절망이 폭풍우처럼 밀려와

지평선을 모두 차지하게 된다.

우리는 그 양이 얼마나 되는지 잘 알지 못한다.

1889년 7월 2일

고통 속에서는 절망이 폭풍우처럼 밀려와
지평선을 모두 차지하게 된다.
우리는 그 양이 얼마나 되는지
잘 알지 못한다.

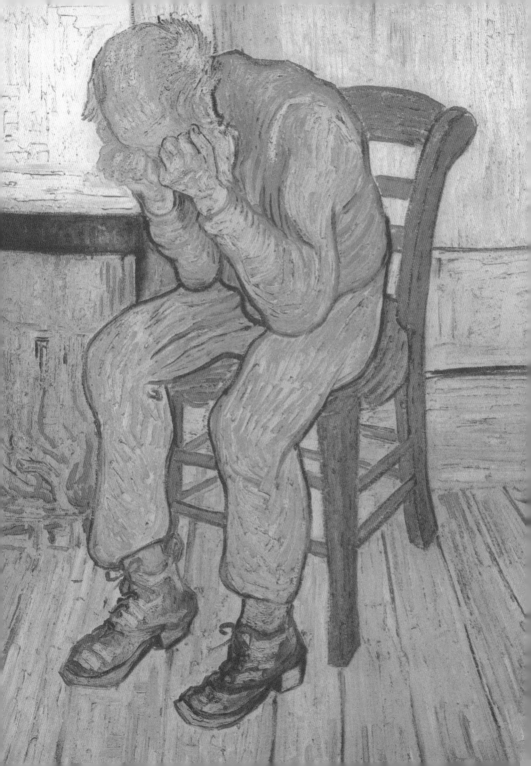

우리 삶을 이루는 모든 것을 만나고 싶다

우리가 용감하다면 고통과 죽음을 받아들이고

자기 의지와 자기애를 버림으로써

내면을 회복할 수 있을 거라고 생각한다.

하지만 나에게 그런 일은 일어나지 않는다.

나는 그림 그리는 걸 사랑하고,

우리 삶을 이루는 사람과 사물, 그 모든 것을 만나고 싶다.

네가 원한다면 인공적이라 해도 좋다.

그래, 진정한 삶은 다른 뭔가에 있을지도 모른다.

하지만 나는 살아갈 준비가 되어 있고

어떤 순간에도 고통을 견딜 준비가 되어 있는

그런 영혼은 아니라는 생각이 든다.

1889년 9월 10일

붓질의 흥미로운 감촉

붓질, 그 감촉은 얼마나 흥미로운지!

바람과 태양과 사람들의 호기심에 노출된 야외에서는

가능한 한 개의치 않고 캔버스를 가득 채운다.

그러면 진실과 본질을 잡아낼 수 있다.

그것이 가장 어려운 일이다.

이렇게 그린 습작은 시간이 지나서

붓질로 손을 보면

분명 더 조화롭고 훨씬 보기 좋다.

1889년 9월 10일

느리게 오래 그리는 그림

그림을 더 좋게 마무리하고

정성을 들이고 싶다고 생각한다면,

날씨와 여러 가지 변화 때문에

이런 생각들이 불가능한 것으로 바뀌고 말 것이다.

경험과 자잘한 작업들이 쌓이면

결국에는 성숙해지고

좀더 완벽하고 진실된 그림을 그릴 수 있다.

그러니 느리게 오래 그리는 그림이 유일한 길이며,

잘 그리려는 야망은 모두 잘못된 것이다.

성공한 것만큼

많은 캔버스를 망쳐야 하기 때문이다.

1889년 11월 26일

자연이 이렇게 감동적이었던 적이 없었다

내가 앓고 있을 때 눈비가 왔나 보다.

풍경을 보려고 한밤중에 일어났다.

결코, 결코 자연이 이렇게 감동적이었던 적이 없었다.

이곳 사람들이 가지고 있는

그림에 대한 미신적인 생각들이 나를 우울하게 한다.

그 생각들이 전적으로 사실이기 때문이다.

인간으로서 화가는 보이는 것에 너무 몰입한 나머지

삶의 다른 부분들은 잘 익히지 못한다는 거다.

1889년 12월 31일 혹은 1890년 1월 1일

237

그래, 진정한 삶은
다른 뭔가에 있을지도 모른다.

과거와 현재를 이어주는 유일한 끈

요즘 제 그림이 좀더 조화로워진 것은 이유가 있습니다.

그림에는 무언가가 있습니다.

작년에 어디선가 책을 쓰거나 그림 그리는 일은

아이를 낳는 일과 같다는 글을 읽은 적이 있습니다.

저는 늘 아이를 낳는 일이 가장 자연스럽고

최선이라고 생각하고 있었지만,

글의 내용에 감히 반박할 수 없었습니다.

그래서 저는 제 일에 최선을 다할 것입니다.

물론 그림 그리는 일이

그리 이해받지는 못하지만

저한테는 과거와 현재를 이어주는

유일한 끈이니까요.

1890년 6월 13일 어머니께

자연의 흥미로운 관계

사람들은 자연의 한 부분과 다른 부분이

서로를 설명해주고 끌어내주는,

흥미로운 관계를 이해하지 못한다.

일부 사람들만이 그 사실을 느끼고 있다.

1890년 6월 28일

바람이 떠난 뒤에 남겨진 고통

모든 에너지를 그림 그리는 데 쏟는 것보다

아이를 기르는 일이 분명히 더 낫다고 생각한다.

너는 할 수 있는 일이지만

왔던 길을 되돌아가거나 무언가를 바라기에

나는 너무 나이가 들었다.

적어도 내 느낌에는 그렇다.

그런 바람은 나를 떠난 지 오래지만

도덕적 고통은 남아 있다.

1890년 7월 10일 동생과 제수씨에게

사람들은 자연의 한 부분과 다른 부분이
서로를 설명해주고 끌어내주는,
흥미로운 관계를 이해하지 못한다.

독자 여러분의
소중한 원고를 기다립니다

★ 원앤원스타일은 독자 여러분의 소중한 원고를 기다리고 있습니다. 집필을 끝냈거나 혹은 집필중인 원고가 있으신 분은 khg0109@hanmail.net으로 원고의 간단한 기획의도와 개요, 연락처 등과 함께 보내주시면 최대한 빨리 검토한 후에 연락드리겠습니다. 머뭇거리지 마시고 언제라도 원앤원스타일의 문을 두드리시면 반갑게 맞이하겠습니다.